Anya's Ghost

아냐의 유령

*러시아식 팬 프라이 치즈케이크.

2

3

맙소사, 또 그 러시아 얘기네.

남자애들이 부자처럼 뚱뚱한 여자애를 좋아할 것 같지는 않네요.

아냐, 너 그러다 굶어 죽겠다. 좀 가져가렴.

후...... 맙소사, 알았어요. 엄마.

학교 잘 다녀와라!

네, 네, 엄마.

4

안녕, 자기.

아, 안녕, 쇼반.

오늘은 남자 친구랑 같이 안 가?

공원

뭐, 뭐?

디마 말야. 저기 있네. 둘이 식량 배급줄에 서 있을 때부터 가까워진 거 아니었어?

와, 쇼반. 너 진짜 악질이다.

부정하지는 않을게. 하지만 담배 한 개비 주면 새사람이 된다고 맹세하마.

아, 진짜, 쇼반. 한 달에 겨우 한 갑 피우는데…….

내가 용돈이 너처럼 많기는 하냐, 그렇다고…….

내가 저번 달에 너한테 몇 개비 줬지?

두 개비 줬지. 거기다 하나는 분명히 피우던 거였어.

그래도 너보다 한 개비 반이나 더 줬네!

기분 나쁘게 말 안 하고 그냥 달라고 할 순 없어? 그래야 주고 싶은 마음이 생기지.

아, 관둬!

혼자 실컷 피워라.

11

12

13

사람 살려!

사람 살려! 어떡해. 제발 살려 주세요!

사람이 갇혔어요!

살려 줘요!

사람 살려!

안녕.

누구…… 뭐…… 아까부터 내내 여기 있었던 거야?

뭐, 말하자면 그렇지. 아까도 있었고 이전에도 죽 있었고.

오…… 이런. 세상에 어떡해.

이 밑에 무슨 가스가 있는 거 같지?

환각을 일으키는 메탄이나 유황이라든가 아님……

19

아닌 것 같은데.
내가 여기 오래 있다 죽었는데
특별히 환각에 빠지거나 하진
않았어. 뭐, 이상한 냄새도
안 나잖아.

아니지, 그때는
안 났단 말이야.

이젠 내가 냄새를
못 맡으니까.

도와주세요!

살려 줘요!

털썩

여기…… 여기 얼마나 있었어?

나도 모르겠어. 지금이 몇 년도야?

2019년.

어디 보자, 한 100년?

그동안 아무도 널 발견 못 한 거야? 널 찾긴 했어?

응, 위에서 날 부르는 소리가 들렸거든.

하지만 소리칠 수가 없었어. 떨어질 때, 잘못 떨어져서…….

아프진 않았는데 ……움직일 수도, 말을 할 수도 없었어. 엄청 목이 말랐고, 그러다 죽은 거지.

한동안 숨이 붙어 있었던 것 같긴 해.

아, 다행이다.

이 정도면 누가 올 때까지는 버틸 수 있겠어.

여기 좀 더 있을 거지?

아니! 미쳤어? 누가 지나가면 곧장 여길 뜰 거야! 사람 살려! 살려 주세요!

23

나도 먹는 거 좋아했어. 하지만 물이 더 먹고 싶었지.

마지막은 정말 재미없었다.

그런 얘기 좀 그만해!

미안.

그..

더는 못 듣겠어.

......망했다.

요즘은 다 그렇게 입어? 별로 따뜻해 보이지 않는데.

그래, 다 이렇게 입어.

커다란 구덩이에 빠지면서 이 정도 입었으면 훌륭하지.

있지, 넌 날아오르거나
뭐 그런 거 할 수 없어?
누가 지나가다가
볼 수 있게.

아니.
난 뼈가 있는
곳에서 멀리
갈 수 없어.

통!

32

저기요! 여기 사람이 떨어졌어요!

오, 하느님 감사합니다.

가서 도와달라고 해요! 누구 좀 데려와요! 저 다쳤어요.

너…… 예쁘냐? 목소리는 예쁜 애 같은데.

어마어마하게 예쁘죠. 보면 놀라서 기절할걸요?

여기서 나가게 해 주면
댁이 꿈꾸는 것 이상으로
보답하죠.

아, 다행이다.

드디어 여기서
나간다.

아우, 그런 눈으로 보지 마. 날 깨운 건 너잖아.

이제 와서 후회해?

있지, 난 네가 살해당한 사건을 밝힌다느니 해서 편히 잠들도록 도와줄 생각은 눈곱만큼도 없어. 미안. 그런 건 내 취향이 아니라서.

그래도 여기 있는 네 뼈를 묻어 달라는 얘기 정도는 해 볼게, 알았지?

우선 급한 불부터 끄고. 뜨거운 물로 샤워하고 스페셜 K를 그릇에 가득 담아 먹어야지! 하!

툭

36

여기 있어,
예쁜이!

탁

하지만
엄마아아아아!

안 돼, 아누시카,
3일 쉬었으면 됐지.

하지만 의사 선생님이
심하게 접질렸대요.
이쪽 손은 많이 쓰면
안 되는데.

그게 네가
왼손잡이라서 얼마나
다행이니?

엄마, 제발요. 하루만 더요.

아직 학교에 가고 싶지 않다고요.

안 돼! 널 좋은 사립 학교에 보내겠다고 양육 지원금을 받는 건데, 학교에 가는 게 네 일이야.

잠깐만요. 주에서 세 번째로 최악인 사립 학교데요?

우리 형편에는 거기가 최상이야. 네 동생은 가고 싶어서 안달인데!

그럼 제가 내일 집에 있으면서 동생이랑 더 값진 시간을 보내는 건 어떨까요?

아냐······.

후우, 됐어요.

내일 학교에 가야 하니까 오늘은 일찍 잘게요.

쿵쿵쿵쿵쿵쿵쿵쿵쿵쿵쿵쿵쿵쿵쿵쿵쿵쿵쿵

누나! 와서 이것 좀 봐. 오늘 멋진 화석을 찾아냈어!

내 생각엔 벨로시랩터에서 나온 것 같아!

쾅

후유......

41

아, 끝내주네. 경제학이야. 잠은 늘 자도 자도 모자란 거니까.

자, 여러분, 지난 3주간 진행했던 강의는 계속하도록 할게요. 모두 217쪽을 펴도록 해요.

규모의 경제는 일반적으로 대량생산의 이익, 대규모 경영의 이익이라는 의미로 많이 쓰인다. 대량생산의 이익이 기업의 생산설비가 일정한 때 발생하는 규모의 경제를 뜻하는 데 비하여, 대규모 경영의 이익은 생산설비의 확대 또는 동일 기업에서 플랜트 수의 증가를 포함한 규모의 경제를 의미한다. 생산량이 증대함에 따라 그 단위당 평균비용이 일정한 A, 체감하는 B, 어떤 생산량까지는 체감하고 이후 체증하는 C에 의하여 구성되므로 B, C의 체증 부분이 상쇄되는 점까지 평균비용은 저하한다. 이 점을 최적규모라고 하며, 여기에 이르기까지 대량생산의 이익이 발생하게 된다. 평균비용

야.

ZZZZZZ

44

쇼반?
너 나한테 삐친 거
다 풀린 거야?

그래, 그래, 그렇다 치고.
그 미친 우물에 빠져서 이틀
동안 있었단 얘긴 들었어!
진짜 짱이다.

어, 고맙긴 한데
……

야, 어서. 가서
한 대 피우면서
전부 얘기해 봐.

지금? 나 지금
수업 중…….

뭐, 낮잠 시간?

그렇긴 하지.

장난 아니게 끔찍하고 끝내주고 그랬냐?

아니, 쇼반. 차갑고 더러운 구덩이에 앉아 있는 건 그리 멋진 일이 아니야.

더럽고 냄새나고 거기다……

아, 망할.

뭐?

거기 구덩이에 해골이 있었는데 사람들한테 그 얘길 한다는 걸 까먹었어.

세상에!! 진짜 완전 무서워! 그거 완전 귀신 들린 걸 거야.

아니야, 웃기는 소리 좀 하지 마.

야, 다시 가서 파내야 한다고! 방에 해골이 있으면 얼마나 멋지겠어?

쇼반, 그건 진짜 생각만 해도 끔찍하다.

에이! 바로 그거야, 끔찍한 거.

있지, 난 뛰어가야겠다. 체육 시간인데 그 변태가 내가 없는 걸 귀신같이 안다니까.

그 해골 얘기는 나중에 다시 하자고, 알았지? 진짜 꺼내 오자니까!

BE SAFE

그래…… 나중에.

너!

또 보네……

너 어떻게……

너 여기까지 날 따라왔구나! 그 구덩이를 못 떠나는 줄 알았는데.

못 떠나지! 내가 말했잖아, 내 뼈가 있는 곳을 떠날 수 없다고. 근데 그게……

뼈가 하나라도 거길 나와서……

49

오, 이런.

맞아!
내 새끼손가락이야.

거길 나올 때
가방에 같이 쓸어
담았나 봐.

아니, 하나도
안 멋져.

온종일
학교에서 유령이
나를 쫓아다니게
둘 순 없어!

와, 정말
멋지다.

좋아요, 여러분.
시험은
한 시간이에요.

시험

왜 창문 근처에
안 앉은 거지?

저기?

이크!

타

. . .

별레요! 헤······.

어······.

내가 좀…….

됐어!!!

당장 가방에 들어가서 얌전히 있지 않으면 내가 널 죽여 버린다 …… 암튼 뭐든 할 거야!!

거기!

무슨 문제라도 있니? 브르…… 브르…….

보르자콥스카야.

아니요, 선생님.

학생, 머릿속에 있는 내용을 기억해서 문제를 풀면 돼, 교실에 대고 큰 소리로 말하지 말고.

네, 풀고 있어요, 선생님.

그렇지?

54

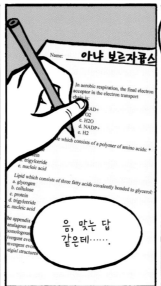

선생님?

좀 일찍 끝냈는데…… 제가 시험지 걷는 걸 도와드릴까요?

어…… 고맙지만, 디마.

다른 학생들이 다 풀 때까지 숙제를 해 보는 건 어떻겠니?

네, 선생님.

점심시간에 박살이 날걸……

박살이 나?

두고 봐.

짜잔! 봤지?

내가 틀렸으면 그렇다고 해줘. 너희 둘 다 러시아 출신 아니야?

으응, 그런데?

내가 살아 있을 때, 너희 러시아 사람들은 마치 한 가족처럼 무조건 서로를 지켜 줬던 거 같은데.

뭐, 시대가 변했잖아. 그렇게 티 나게 '에프 오 비(FOB)'*처럼 굴면, 왕창 당하는 거야.

엊그제 이민 온 촌뜨기 말이야.

에프 오 비?

* 에프 오 비(FOB) : Fresh Off the Boat의 줄임말로, 이민 온 지 얼마 안 되는 사람들을 일컫는 속어.

59

1982년 막시밀리언 G. 오도우드 레지어가 개발한 멀티 체력 테스트는 미국 육군, 해군, 그리고 우리 학교 같은 훌륭한 기관에서 사용하고 있지!

이 테스트는 대상자가 소리 신호나 '삐' 소리에 맞춰 시간 안에 정해진 거리(우리의 경우 체육관)를 왕복으로 달리게 하여 몸의 최대 산소 흡입량을 분석하는 것이다.

삐!

삐 소리의 간격은 점점 짧아지므로, 대상자는 자기 체력의 한계에 도달할 때까지 점점 더 빨리 달리게 된다.

삐! 삐! 삐! 삐!

그리고 이 유용한 스프레드시트에 적힌 왕복 횟수를 참고해서, 여러분들의 체력 수준을 살펴보는 거지.

그냥 우리가 이 바보 같은 치마를 입고 뛰어다니는 꼴을 보고 싶은 거겠지.

66

괜찮아?

괜찮아. 조만간
죽어 버릴 거지만.

모두 주목!
아냐 엉덩이 감상 다 끝났으면,
테스트를 마저 끝내자고!

야, 그 계획이란 게 같이 넘어지는 거 아니었어?

미안……

팬티 예쁘더라!

그래, 고맙다!

체육관

무슨 일 있었어?

내가 도와줬어야 하는 일이야?

아니…… 불행히도 체육관에서 커닝할 방법은 없으니까.

손에 무슨 문제 있어? 똥이라도 묻었냐?

아니...... 아무것도 아니야......

야, 아냐, 오늘 체육관에서 끝내줬다며?

야, 케이티, 오늘 남자 화장실에서 끝내줬다더라!

꺼져, 쇼반!

싫은데!

저 나쁜 계집애 말은 잊어버려, 아냐. 난 여기서 내려. 내일 보자.

그래, 안녕.

아누시카?

이리 와서
좀 도와줄래?

시민권 시험
준비하는 거예요?

그래. 거기 나와
있는 문제 좀 내 달라고
기다리고 있었어.
시험은 한 달이나
남았지만……

알았어요, 엄마.
열 일 제쳐 두고
민주주의에 전념하다니
대단하네요.

좋아요, 1번 문제.
미국 국기에 있는
별의 개수는?

50개!

74

어휴……

음...... 저기 있잖아, 아냐?

아, 그래. 잊고 있었네.

아직 여기 있었구나.

있지...... 조금만 더 여기 있으면 안 될까?

너만 좋다면 또 학교에서 널 도울 수 있을 것 같고......

후우

좋아.

77

기말고사가 얼마 안 남아서 허락하는 거야.

이야, 신난다!!!

그리고 진짜 눈에 띄지 않게 작게 있어야 해.

그럴게! 약속해! 아, 정말 멋지다!!

정말 신나! 내가 본 네 세상은 전부 근사하더라!

조심해. 너 말하는 게
점점 촌뜨기 같으니까.

......알았어.

다음 날:

유령은 대단해

음......
걔는 12시 30분에
역사 수업이 있어.

아, 너구나.

비품실

어제 본 시험 되게 잘 봤다며? 공부하는 수험서가 도움이 된 거야?

AP*문제들은 훨씬 어렵지만, 지금 공부해 두면 다른 일반 수업들은 식은 죽 먹기일 거야!

죽이야, 디마. 식은 죽 먹기.

아, 고마워, 아냐. 항상 그게 헷갈린다니까.

그래.

……

비품실

그럼 난 이제가 봐야…….

일요일에 교회에 올 거야?

비품실

*AP : Advanced Placement의 줄임말. 고등학교 학생들이 대학 수준의 과목을 미리 선행 학습할 수 있도록 기획된 과정.

뭐? 아, 아마 아닐걸.

벌써 두 달째 교회에 안 왔잖아. 너희 엄마는 네가 이번 주에는 꼭 올 거라고 하셨는데! 중요한 문제야.

그날, 어, 기분 봐서.

그래, 그럼 그때 보자!

예배 끝나면 우리 엄마가 햄 케이크도 만들어 주실 거야!!

맙소사, 완전 별종이라니까! 왜 내가 사람들 보는 데서 쟤랑 있으면 안 되는지 이제 알겠지?

알 것 같기도……

누구랑 얘기하는 거야?

아무도 아니야!
······핸드폰을 스피커 모드로 해 봐서 그래.

하! 나 말고 전화할 사람은 있고? 그 조그만 러시아 남자 친구?

휙

차고 넘치는 내 친구 중 하나랑.

띠리리리

쓰윽

모르나 본데, 너 완전 이상해.

고마워.

말해 봐, 대체 그렇게 수상한 눈을 하고 누굴 찾는 거야?

뭐? 아무도 안 찾아!

안 찾기는. 누가 돈이라도 뜯냐?

맙소사, 아니야. ……놀리지 않겠다고 약속해.

약속할게.

농구팀의 쏜이야.

쏜이 뭐……

농구팀 쏜에게 반했다는 거야?

…그런 것 같아.

아, 말도 안 돼!!

야, 저질 하이틴 영화라면 모를까, 그런 애한테 반한 게 말이 되냐?

안 놀린다고 약속했잖아!!

걔랑 말이라도 해 봤어?

어제 나한테 말을 걸었어. 사실 진짜 괜찮은 애더라고.

걔가 네 가슴에 대고 말을 건 게 아닌 건 확실해?

남자애들이 네 가슴에는 말을 걸지 않아서 질투하는구나.

86

뭐야······.

아, 진짜!

또 이랬어!

엄마!
사샤가 내 액세서리를
또 빌어먹을 마당에 묻었어요!
못하게 한다고
약속하셨잖아요!!

히잉,
내가 묻은 게!

아누시카, 그냥 노느라
그런 거잖아. 씻으면
깨끗해질 거야.

그리고 예수님
앞에서 못된 말
쓰지 마.

88

정말?
어떻게 됐는데?

하지만 그 사람은 전쟁에 나가야
했지. 세계1차 대전, 학교에서 그렇게
말하지? 그리고…… 그 사람은
독일 공습으로 죽었어.

저런……
정말 안됐다.

우린 결혼하려고
했어.

괜찮아. 나만 그런 일을
겪은 것도 아니고……

있지……
넌 나한테 그렇게 잘해 줬는데
내가 정말 나빴어. 미안해.
네 이름도 모르고 말이야.

에밀리.
에밀리 라일리.

에밀리…… 아,
진작에 물었어야 했는데,
그 우물에는 어떻게
빠지게 된 거야?

난 살해당했어.

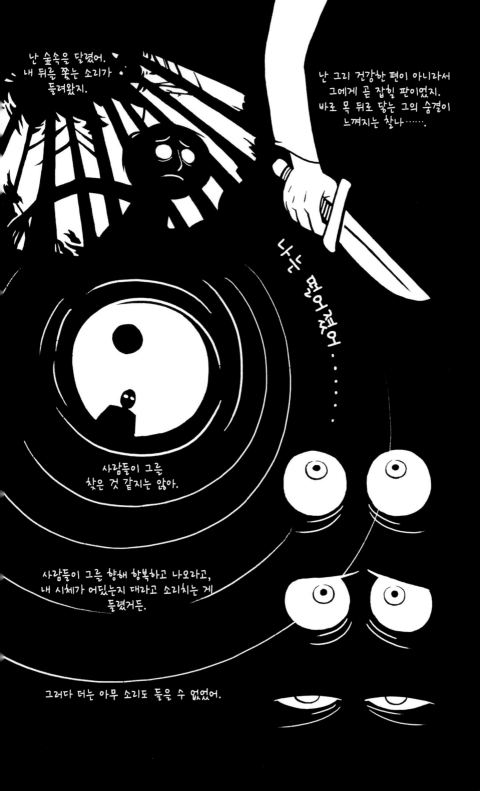

그게 다야.

내가 이제껏 들은 것 중에 가장 슬픈 얘기야.

그래…… 나도 그때 생각하니 좀 우울하다.

분명 내가 도울 수 있는 게 있을 텐데……

그래, 내가 네 살인 사건을 해결할 수 있지 않을까? 그자가 어떻게 됐는지 알아내면 너도 편히 잠들 수 있을 거야!

아, 좋아. 그거 해 볼 만하겠다! 고마워!

뭘! 친구 좋다는 게 뭐겠어.

없어. 다 너처럼 평범한, 돈 많고 백인인 이곳 뉴잉글랜드 사립 학교 애들이지.

정말 슬프겠다······.

뭐? 왜?

음, 내가 살아 있을 땐 아일랜드 사람들은 다들 혈육이나 다름없었어. 서로를 지켜 주고 결혼도 자기들끼리만 하고······.

하! 내 친구 쇼반도 아일랜드 출신인데, 그래 봤자 걔한테 끔찍한 오빠들이 한 5000명쯤 더 있다는 얘기네.

이런 교외에선 혼자 힘으로 버텨야 할 때가 많아. 돈이 엄청나게 많으면 모를까, 돈만 있으면 늘 적응이 쉬운 법이지······.

음, 학교에서 널 죽 지켜봤는데, 내가 볼 때 넌 정말 잘 적응하더라.

뭐? 됐어~.

아니, 정말이야! 넌 옷도 잘 입고, 친구들도 많고, 예쁘고······.

알았으니까, 진짜 그만해.

그리고 숀이라는 애도
정말 널 좋아할 것 같아!
네가 그 엘리자베스라는
애보다 백배는 매력 있어.

아우, 맙소사.
고마워.

백 살 먹은
유령이 되게 듣기
좋은 말을 하네.

아, 맞다!
방금 생각났어!

이리 올라와 봐!
이 나무들 사이를 지나면
진짜 멋진 빈터가 나와.

봤지?

와! 나도 이 들판 기억나. 그때랑 하나도 안 변했어.

그래, 여기까지 부동산 개발에 들어가려면 몇 년 더 있어야 할 거야.

있지, 나한테 좋은 생각이 있어.

세상에…… 이거 입은 것 좀 봐 봐. 가슴이 다 보여.

있지, 페이지 좀 또 넘겨 줄래?

아, 그래.

오늘은 세상에 대해 뭘 배웠어?

중동에 매우 심각한 위기가 진행 중이라는 거……

그리고 내 체형이 '대세'라는 거!

하!

102

미쳤냐? 교장실 창문 바로 앞이잖아!

진정해. 교장 선생님은 지금쯤 저 멀리 교정에 있을테니까.

네가 그걸 어떻게 알아?

그냥 알아. 날 믿어.

봤지? 여긴 완벽하다니까. 우리는 봐도 아무도 우릴 못 봐.

여기 꽤 괜찮다. 언제부터 그렇게 학교 안을 다 꿰고 계셨나?

넌 아직 날 잘 모

그 붕대는 언제까지 감고 있을 거야? 너 그 손 쓰는 거 다 봤어.

수영 강습이 끝날 때까지.

어, 저기.

엘리자베스 스탠다드야.

104

리자베스 스탠다드, 안 쟤 너무 싫어.

다 싫은데, 쟤가 제일 싫은 거?

으응, 어떻게 안 싫어해? 성적도 좋아, 다리도 예뻐, 이것도 저것도 다 괜찮은데.

얼굴에 뾰루지 같은 거라도 나면 좋을 텐데. 그럼 쟤도 우리 같은 애들처럼 피부 밑에 고름이 가득 고여 있단 얘기잖아.

아마 그래도 쟤는 네 일생의 사랑과 잘만 만날 거다.

끄응.

근데 난 쏜이 뭐가 좋은 건지 정말 모르겠다. 우리 오빠 말로는 완전 쓰레기라던데.

아, 맞다, 빌리 오빠가 그쪽은 빠삭하겠다. 비행 소년에 관한 논문도 쓰지 않았나?

야, 말조심해라.

난 그냥 도와주려는 거야. 내가 바람둥이 같은 놈한테 빠져서 정신 못 차릴 때 친구가 따끔하게 말해 주면 난 좋겠다.

글쎄다, 난 친구가 맨날 기분 잡치는 얘기를 할 게 아니라 격려의 말을 해 주면 좋겠는데.

기분을 잡쳐? 네가 상처받지 않게 하려는 거라고! 솔직한 말을 들을 자신이 없다면야……

그거 알아? 난 그딴 얘기 필요 없어. 얘기할 친구는 또 있으니까.

친구 누구?!

어, 조심해!

아! 안녕, 아냐?

어……
엘리자베스는
어딨어?

응? 걔 병원으로
봉사활동 가는 거 있잖아,
그것 때문에
옷 갈아입으러 갔어.

조금 갔다 지참

아……
그래.

그럼…….

107

시끄러워! 진짜 괜찮다니까.

진짜 너무…… 헤픈 여자처럼 안 보여?

네가 평소 입는 교복보다 짧지도 않네!

그건 다르지! 다들 그렇게 입는단 말이야.

이거 입으니까 좀 …… 노는 애같아.

쟤에게 관심받고 싶은 거 맞아?

맞아…….

그럼 입어!

나도 그런 옷 좀 입어 봤으면 좋겠다. 뭐든 다른 옷으로 갈아입어 봤으면…….

그래서 메이크업으로 생각해 둔 거 있어?

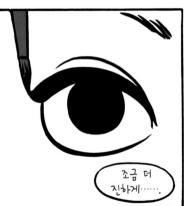

조금 더
진하게⋯⋯.

완벽해.
꼭 비욘세 같다.

정확히, 네가 읽은
잡지가 뭐야?

빠앙!

도착했어!!

이렇게 작게 입어도
정말 괜찮겠어?

문제없어.

하-

-후우-

야!! 넌 이름이 뭐야?

안녕! 어, 난 아냐!

난 프레스턴! 넌 못 보던 애 같은데…… 매트는 어떻게 아는 거야?

어…… 우리는 여름 캠프에서……

아, 됐어. 별로 관심 없어.

아냐, 너한테 중요하게 꼭 할 말이 있어.

우리 학교에서 이 얘기 다시 하자, 알았지?

네 가슴 말이야…… 그 셔츠 입으니까 굉장해 보여.

118

음, 있지……
쇼 본 적 있어?

아아…… 내가 걜
아는데, 아마 위층에
있을걸?

고마워.

뭘.

어, 아냐랑!

아냐? 잠깐만, 금방 나갈게.

쿵쾅 우당탕

어이, 아냐, 무슨 일이야?

네 셔츠 정말 맘에 든다.

어, 고마워…… 프레스턴은 좀 어떻대?

프레스턴?

키키!

아, 그래. 프레스턴! 그렇지.

그래, 많이 안 좋아 보이긴 하더라.

완전 녹초가 된 것 같길래 방금 화장실에 눕혀 놓고 나왔어.

쇼온! 누구랑 얘기하는 거야?

조용히 해. 엠버.

엠버…… 매트 여자 친구, 엠버?

어, 그래, 엠버가 도와줘서 프레스턴 여기까지 끌고 왔어

쇼온…… 여기 혼자 있으니까 점점 지루해.

음…… 있지…… 이게 어떻게 보일지 아는데…… 아, 됐다. 넌 쿨하니까. 그렇지, 아냐?

그리고 너 오늘 밤 진짜 근사해 보여.

원한다면 와서 우리랑 같이 놀아도 좋고.

어…… 아니. 난 됐어.

뭐, 좋은 대로 해.

마음 바뀌면 나 어딨는지 알지?

다음번엔 신호는 좀 더 보내 줄래, 리즈?

딸깍 키득키득

네가 무슨 생각하는지 다 들려, 그러니까 어서 말해. "도대체 넌 왜……."

도대체 넌 왜 거기 가만히 서 있는 거야? 망봐?

우린 3년이나 사귀었어. 난 숀을 잘 알아.

물론, 숀은 파티에만 오면…… 사람이 변하지. 하지만 만나는 건 나쁜인걸. 사람들이 쳐다보고 알고 있는 건 나니까.

"쟤가 걔 여자 친구야!"라고.

모르겠어? 난 숀을 사랑해.

……그래.
알겠어.

나중에 봐,
엘리자베스.

무슨 일이야?
어디 가는 거야?

뭐?
전부 못 들었어?

쟤들 차에 타는 게
아니었는데…….

어우, 여기서
벗어나야 해…….

너 도대체 왜 그래?

뭐?

걔가 너한테 관심을 보였잖아. 너랑 얘길 하겠다고 나왔잖아. 그런데 넌 그냥 가겠다고?

세상에! 숀은 완전 변태 같은 놈이야. 그 화장실엔 다른 여자애가 있었고, 엘리자베스 걔도 골치 썩는 게 한두 가지가 아니야! 근데 내가 거기 있어야 했다는 거야?

숀이 네가 있었으면 했잖아. 다른 여자애는 보내 버릴 수도 있었는데! 내가 힘들게 고생해서 얻은 기회를 넌 그냥 차 버렸어!

네가…… 힘들게 고생을 해?

이렇게까지 해서 네가 진짜로 원하는 게 뭐였는데?

네가 행복해지길 바라지. 넌 사랑에 빠졌어. 걔랑 함께여야 해.

넌 내 감정에 대해 엄청 많이 아는 것 같다.

난 누군가를 사랑하고 잃어버리는 심정이 어떤 건지 알아. 혼자가 되는 게 어떤 건지도 알아.

그런 일을 겪는 건 나 하나로 족해!

숀이 1차 대전에서 죽는 일 따윈 없어. 걔는 위층에서 앰버랑 놀아나고 있단 말이야. 내 생각엔 상황이 전혀 다른 거 같은데.

있지, 30분 후면 버스가 끊겨. 집에 가자.

130

너 지금······
유령 담배
피우는 거야?

어, 그런데?
말하고 싶은 게
뭐야?

아무것도 아니야.
어, 있잖아. 오늘은 나
혼자 갈 생각이었어.
가서 공부 좀 해
놓으려고.

하지만 넌 이제
공부할 필요가
없잖아?

그렇긴 하지만,
한번 다시 해 보고
싶더라고.

그냥 내가 할 수
있다는 걸
증명하려고?

좋아, 그렇게 해.

아, 잘됐다!
그니까 내 말은
이해해 줘서 고맙다고.

학교 끝나고 보자.
알았지, 친구?

알았어.

나중에 봐, 친구.

좋아…… 그럼
이제 뭘 어떻게 해야
살인 사건을 해결하지?

해 볼 만하겠어……

고객 안내
데스크

찾기

저자
도서명
주제
키워드 검색

키워드 검색

유령을 없애는 방법

탁   탁

……

얘! 너 해밀턴
고에 다니지?

네?

삭제

삭제

네 교복 보고 알았어!
연구 과제가 아니면,
너희 학교 학생들은 별로
볼 일이 없는데 말이야.

아, 네! 저도 그래서 왔어요.
학교 도서관에는 제가
찾는 게 없어서요.

찾는 게 뭐야?
찾는 거 도와줄까?

음, 네······.
마을에서 일어난 사건에
대해 찾아야 하는데······
1차 대전쯤일 거예요.

지역 뉴스 맞지?
나라면 위층 정기 간행물을
찾아볼 거야.

**고객 안내
데스크**

감사합니다.

정기 간행물

아니고⋯⋯

기계학

아니고⋯⋯

요리

141

신문

한번 시작해 볼까?

잠깐……

여긴 아주 옛날 건 없잖아!

다른 건 다 검색하면 되는데, 왜 이것만 안 되는 거야?

정말 싫다, 공립 도서관 시스템!

아냐?

어? 디마?

여기서
뭐 하는 거야?

체육 수업 대신
도서관에 오거든.
교장 선생님이 여기까지
걸어오는 거면 그래도
된다고 하셨어.

아니······
나도 얼마 동안은
체육 수업에 갔는데
다른 애들이 내 안경을
자꾸 깨뜨려서······

세상에, 어떻게 바꿨대?
너 뭐 장애라도 있는 거야?

······매번 안경을 바꿀
형편도 못 되고 해서
체육 수업 가는 걸
그만뒀어.

와, 어, 미안······
그건 좀 그렇다······.

난 그러니까······
예전에 일어난 한 사건에
대한 보고서를 쓰고 있어.

괜찮아. 안경이
깨지지 않았어도, 내가
체육을 잘하는 편도 아니니까.
근데 넌 오늘 여기 왜 온
거야?

그런데 여기
있는 거지 같은 신문들은
죄다 최근 것들뿐이야!

아, 옛날 신문이 필요한
거야? 마이크로필름은
찾아봤어?

마이크로······
뭐?

마이크로필름!
오래된 신문들을 전부
찍어 놓은 거야!

얼른 와,
내가 보여 줄게!
이쪽이야.

여기 있어!

마이크로 필름

144

145

좋아, 첫 번째 것부터 줘 봐.

끝을 잡고 이렇게 뽑으면 되는 거야.

여기 필름 감개에 고정하는 건데……

카메라에 필름 넣는 것처럼, 알았지?

신문 화면이 나올 때까지 계속 손잡이를 돌리는 거야.

딸깍 딸깍

회전 기능도 있고,

줌,

ZOOM LENS

이건 포커스야.

……그럼 다 된 거야!

어.

이제 네 차례야.

야, 이거 엄청 깔끔하다. 옛날 광고 같은 것들도 맘에 들어……

딸깍 딸깍

그럼 이제 어떻게 검색해?

검색?

그래, 있잖아. 구글처럼.

아, 검색하는 게 아니야. 그냥 차례대로 읽는 거지.

뭐?! 걸 다 읽어야 한다고? 자가 저렇게 작은데?

세상에, 다 읽으려면 눈이 빠지겠다.

내가 도와줄게…… 네가 찾는 걸 말해 주면 말이야.

148

149

……아, 그래.

……

있지…… 나도 처음 여기 왔을 때, 괴롭힘을 당했어.

너…… 너도?

휴. 그래. 엄청.

난 뚱뚱했고, 옷도 중고 매장에서 사 입었고, 러시아 억양도 남아 있었어.

다들 고작 다섯 살 아이들이 잔인해 봤자 얼마나 잔인할까 생각하겠지만 난 걔들이 그렇다는 걸 얼마든지 증명할 수 있어.

아냐?

응?

아니. 에밀리 라일리가 살해된 사건을 찾는 거야.

잠깐만.

우리가 찾는 게 에밀리 라일리라는 사람이 저지른 살인 사건이지?

아, 알았어. 아니면 됐어.

맙소사, 이거 시간이 꽤…….

뭔가 찾은 거야?

가 말한 이름이 들어간 기사 하나를 찾았어. 지만 전 가족은 아니고, 한 사람이야.

그거 이상하네······ 나도 좀 보자.

아······.

세상에.

마을 소녀가 두 명을 살해하고 사라지다

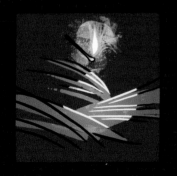

거짓말이었어. 전부 거짓말이었어.

누가 거짓말을 했는데?

성난 사람들...... 사랑이니 가족이니 하던 게 전부 헛소리였어!

도대체 무슨 소리야?

그래. 어떤 방식으로든 걜 보내야 해.

누구?

도와줘서 고마워, 디마! 내일 학교에서 보자.

넌 어디 가는데?

방금 아주 중요한 걸 집에 놓고 온 게 생각났어.

빨리, 빨리……

깜짝이야, 에밀리! 너 때문에 간 떨어질 뻔했잖아!!

미안, 일부러 그런 건 아니야.

목걸이 못 봤어? 내가 저기 뒀는데?

몰라.

어서, 넌 알아야지. 넌 거기 연결되어 있잖아.

목걸이를 걸고 있었으면 좋았잖아. 그랬으면 잃어버리지 않았겠지.

목걸이도 네가
옮긴 거지?

왜?
어디 필요한 데가
있었나 보지?

그래, 물론이지!
요즘 정말로 기분이 좋아!
진짜 강해진 느낌이랄까?
이것도 예전만큼 어렵지
않더라고.

그럼……
우물에서도!
네가 뼈를 내 가방에
넣은 거구나?

내가 왜 그런 짓을
했다는 거야?

오, 그만해, 에밀리!

나 다 알아!!

뭐야, 영원히 숨기고 있을 작정이야?

난 다시 어둠 속으로 돌아가지 않아. 내가 여기까지 어떻게 왔는데, 네가 전부 망치게 두진 않아!!

곧 알게 될 테니 두고 봐.

시간을 좀 테니 잘 생각해 봐. 그럼 알게 될 거야.

내가 네 편일 때가 훨씬 낫다는 거.

그렇지.

좋아. 쟤는 뼈랑 멀리 떨어질 수 없어. 아마 그걸 재빨리 옮길 만큼 강하지도 않을 거야.

그니까 집에 있는 뼈를 찾아내기만 하면 돼!

별로 힘든 일도 아니지······.

없어······.

없어······.

아누시카?

167

엄마?

아, 미안!
벌써 집에 와 있는지
몰랐네.

학교는 어땠니?
오늘은 일찍 끝난 거니?

어, 네! 오늘은 과제때문에
조사할게 있었어서 도서관에 갔었어요.
디마도 거기 있었으니까,
물어보세요.

아, 잘했다! 디마랑
얘길 했다니 기쁘구나.
걘 아주 똑똑하지.

네……

그래, 난 저녁 준비를
마저 할 테니 넌 청소
계속해. 다 되면 부를게.

잠깐만요!

하던 거 다 끝났어요.
같이 내려가요.

요즘 잘하고 있다니 기쁘구나! 누가 도와주고 있는 거니?

네?!

학교에서 말이다. 뱅님들 말씀이 네 성적이 많이 올랐다더구나. 그 공부 봐주는 사람이 있는 거야?

아, 네. 잠깐 있었어요. 하지만 지금은 혼자 해요.

잘했다. 스스로 한다는 게 중요하니까.

네가 하는 일에 자신감을 가져.

날 봐라, 아무 도움 없이 너와 네 동생을 키웠는데 이렇게 훌륭하게 컸잖니?

엄마…… 누나 뭐 하는 거예요?

딱 봐도 청소하잖아.

알았어…….

저녁 다 됐어요? 배고파요!

앉으렴, 우리 강아지, 다 됐어.

너무 배고파서 호랑이도 먹겠어요.

하하! 진짜 배고프구나.

톡

171

*카샤 : 물이나 우유에 곡물을 넣어 만든 죽.

하지만······ 넌 저녁에 샐러드 먹지 않니?

아니요. 거지 같은 다이어트 음식이랑은 완전히 끝났어요.

이제 진짜 음식을 먹고 싶어요.

아, 그래······ 그거 잘됐다! 먹고 싶은 만큼 다 먹으렴!

그럴게요.

누나, 내 거 남겨 줘!

어이쿠

툭툭

툭

파

툭

아아악!!

벽장은 이게
마지막인데! 찾을 데가
또 있어?

걔가 그렇게
빠를 리 없는데!

쿵쿵 쿵쿵 쿵쿵!

무슨 소리지?
무슨 일이야?

앗…… 블린(젠장)
…… 내 다리!

175

맙소사!
엄마 괜찮아요?

아아…… 점점 부어
오르네…… 아무래도
병원에 가야겠다.

계단 꼭대기에서
뭘 밟고 미끄러졌는데.

사샤…….

이 못된 녀석!
장난감을 여기다 두다니
무슨 짓이야? 하마터면 엄마
목이 부러질 뻔했잖아.

내가 안 그랬어!!
없어져서 얼마나 찾았는데.
정말이야!

알았어.
네 말 믿어.

엄마, 죄송해요!
병원까지
모셔다 드릴게요.

아니야, 아냐.
택시 타고 가면 돼.
넌 동생을 돌봐야지.

으윽,
조심……

엄마, 정말
괜찮겠어요……?

그럼! 괜찮고말고!
사샤 재우고 너도 좀 자!
아침에 보자.

그랬으면
좋겠네요.

방
주방
거실
식당
화장실(위층)
화장실(아래층)
장
지하실
엄마 방
동생 방

으아아아악!

싫어어어어……

소곤소곤 소곤소곤

에밀리! 멈춰!

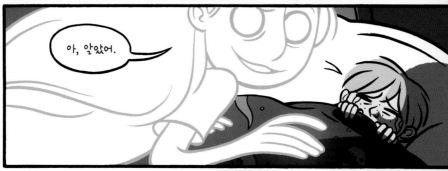

아, 알았어.

일단 여기까지……

사샤!

래, 그래, 사샤,
찮아! 이제 갔어.

엄마 오라 그래.

곧 오실 거야,
약속할게. 내가 여기
있잖아.

누나……
그게 뭐였어?

그건……
그건…….

다 내 잘못이야.

알아, 사샤. 괜찮아…… 내가 다 해결할게. 어떻게든……

숨을…… 못 쉬겠어.

아, 미안.

정신 좋을 놓고 있어서는 아무것도 해결 안 돼. 내가 자초한 일이니 내가 깨끗이 정리해야 해.

이 집 하나야! 분명 그 뼈는 이 집 어딘가에 있어.

뼈?

난 사람이야! 걔는 그냥…… 하찮은 구름일 뿐이야!

나도 뼈 있는데……

그래, 그래. 걱정하지 마, 사샤. 아무 일도 일어나지……

뭐? 무슨 뼈?

183

작은…… 아마 데이노니쿠스 뼈일 거야.

집 안에서 찾았니?

으응. 엄마 나가고 복도에 떨어진 걸 주웠어. 이 집에 데이노니쿠스가 살았던 거 누나도 알았어?

그래…… 진짜 놀랍지 않니?

사샤, 내가 좀 볼 수 있을까? 지금 어디에 있어?

내 표본 상자. 주방에 있어.

고마워!

누나, 나 두고 가지 마. 누나가 만지면 망가질 거야!

허억
거의 다 왔어!

제발 여기
어디쯤이면······.

저기다!

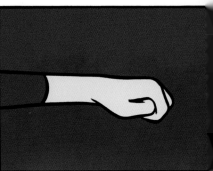

정말?
여태껏 한 생각 중에
가장 훌륭한 거 같은데?

네가 지금 하려는 거
별로 좋은 생각 같지 않아.

화난 이유는 알지만,
이게 다 네가 실수하는 걸
막으려고 그런 거야.

와, 대단한 작전이네!
가족이 죽었는데,
난 아무렇지 않게
가족을 죽인 살인자랑
어울려 다니고?

난…… 난 죽이려던 게
아니야. 네가 이해해 주길
바랐을 뿐이야.

나한테 네가 필요하다고? 내가 더 나은 삶을 살게 해 준다고?

아니, 에밀리.

너야말로 내가 필요한 거야.

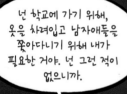

넌 학교에 가기 위해, 옷을 차려입고 남자애들을 쫓아다니기 위해 내가 필요한 거야. 넌 그런 적이 없으니까.

하지만 난 네 인생을 대신 살지 않아. 너에게도 기회가 있었는데, 네가 망친 거잖아.

네게는 남은 기회가 없어.

있지…… 알았어. 넌 내가 필요 없어…… 알았어. 하지만 네 친구한테 날 넘길 수 있지 않을까?

분명 쇼반이라면 학교에서 내 도움이 필요할 거야. 그냥 걔한테 설명만 해 주면……

지금 장난해? 네가 누군지 내가 다 아는데?

설사 적이라도 널 떠넘겨서 힘들게 하고 싶지 않아.

아, 그러셔. 갑자기 다른 사람들을 엄청 챙기네. 근데 넌 내가 만난 사람 중 가장 이기적인 애야!

쇼반이 너한테 그렇게 좋았으면 왜 2주가 지나도록 전화 한 통 안 한 거지?

그리고 네 소중한 가족을 그렇게 사랑한다면서 네 진짜 성은 숨기고 말 안 하더라.

넌 성인군자가 아니야, 아냐.

넌 나랑 똑같아.

아니야! 난 아무도 다치게 하지 않아!

그걸 기회가 없었을 뿐이야!

너도 그들을 봤다면…….

네 손에 성냥이 있었다면…….

넌 아마……

아니야!

다 끝났어, 에밀리, 잘 가!

하지 마! 그땐…… 그랬다간 너한테 돌아갈 거니까.

다른 뼈를 가지고
너희 집으로 돌아간 다음,
진짜 후회하게 만들어
줄 거야!

아니,
안 될걸.

너한텐 우리 집에
찾아올 수 있을 만한
힘은 없어. 하물며 널
볼 수 있는 사람의
도움도 없이 오겠다고?

말하면 그 사람들이 우물을
메울 거고 그걸로 끝이지.

그리고
다른 사람들에게도
말할 작정이야.

안 돼!

안 돼.

싫어어어어어어.

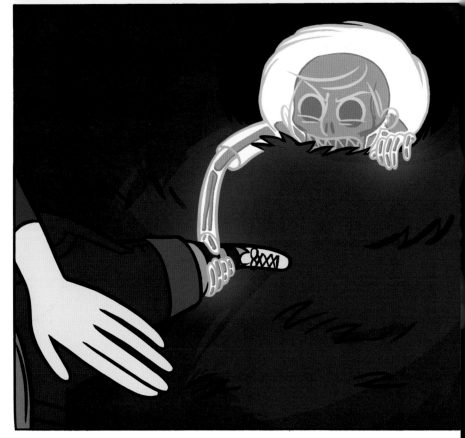

아냐.

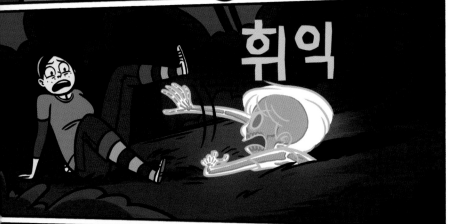

휘익

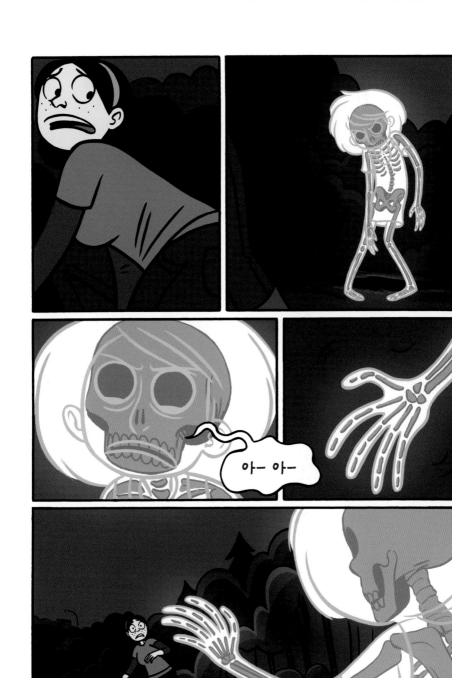

잠시만……

멈춰 봐.
도망치지 않을게.

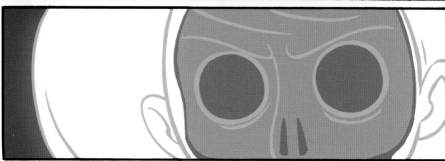

그래, 난 너랑 다르다고 말했지…… 사실이 아니야.

네 기분이 어땠을지 알 만큼, 난 너랑 비슷해.

다른 사람들의 겉모습, 그들이 가진 것, 그들 곁에 있는 사람을 원하지!

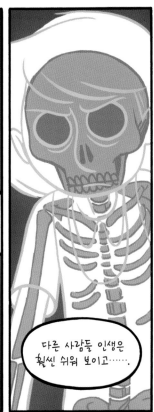

다른 사람들 인생은 훨씬 쉬워 보이고…….

하지만 넌 아무것도 몰라. 네가 원하는 것 말고는 아무것도! 사람들이 머릿속으로 무슨 생각을 하는지도 모르면서.

네 꼴을 봐.

서 있기도 힘들면서.

추욱
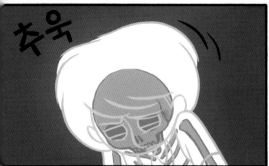

왜 안 가는 거지?
네가 원하는 건······.

네가 원하는 건
세상에 없어.

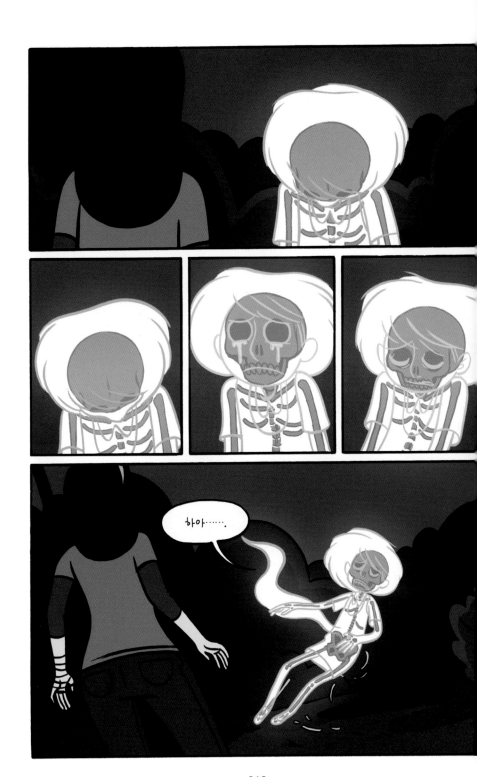

여기 있었구나!

그래, 브로······
브르······.

보르자콥스카야.

아냐라고
부르시면 돼요.

아냐,
네가 시민 활동에도
관심이 있는 줄은
미처 몰랐구나.

그게, 전 정말 제가 겪은 걸 아무도 겪지 않았으면 했거든요.

그렇게 떨어지고 나서는 다시 예전 같을 수 있을지도 모르겠고 ......

바로 그런 정신이야, 학생!

학기 중에 계속 이런 일들을 볼 수 있었으면 좋겠구나.

어떤가, 11월 학생 선거에 나오는 게?

아, 전...... 진짜 생각해 볼게요. 선생님.

그런데 선생님, 작업하는 학생들 쪽에 선생님 지시가 필요한가 봐요?

뭐? 아무 소리도 못 들었는데…….

아니에요, 방금 손을 흔들었어요! 도움이 필요한 것 같아요.

헤밀턴 학교 봉사단 공공안전 활동

뭐, 그렇다면 그런 거겠지.

다들 주목! 흙을 들 땐 다리를 어떻게 하라고 했지?

헤밀턴 학교 봉사단 공공안전 활동

관절염에라도 걸리고 싶어?

그래서 이게 다 너 때문에 생긴 난리란 거지?

그래······ 그런 것 같아. 화났어?

저기요. 학교에서도 할 일 없이 있긴 마찬가지인데, 차라리 숲이 나아요.

너한테 고마워해야겠는데?

, 그럼!

하! 잘난 척 그만해.

톡

아, 아니, 됐어.

뭐야? 왜 그래?

별일 아냐······. 그냥 피우고 싶은 마음이 안 들 뿐이야.

사실 좋아한 적도 없는 것 같아. 전에는 피우는 게 멋져 보이더니, 지금은 그냥 그래.

맙소사, 아냐.

네가 남들이랑 똑같이 평범한 것 같지? 아니야. 겉모습만 그렇지 속은 안 그래.

고맙다.

베라 브로스골 1984년 러시아 모스크바에서 태어나 다섯 살이 되던 해 미국으로 이민 갔다. 이민자로서 느낄 수밖에 없었던 차별의 순간들을 견디고 극복해 내며 어린 시절을 보냈다. 그때의 이야기를 바탕으로 2011년 첫 그래픽노블 『아냐의 유령』을 출간했는데, 출간 즉시 〈뉴욕타임스〉를 비롯한 수많은 언론의 극찬을 받으며, 아이스너 상·시빌상·하비상을 받았다. 2017년에는 그림책 『날 좀 그냥 내버려 둬!』로 칼데콧 상을 받았다. 10년 넘게 애니메이션 회사에서 스토리보드 그리는 일을 하고 있다. 지은 책으로 『날 좀 그냥 내버려 둬!』, 『아냐의 유령』 등이 있다.

원지인 홍익대학교에서 영어영문학을 공부한 뒤, 도서를 기획·편집하는 출판 편집자로 일했다. 현재 번역문학가로 활동하고 있으며, 옮긴 책으로는 『홀리스 우즈의 그림들』, 『비밀의 화원』, 『우리 밖의 난민, 우리 곁의 난민』, 『존 블레이크의 모험』, 『아냐의 유령』 등이 있다.

아냐의 유령

초판 발행 2019년 2월 25일
글·그림 베라 브로스골 | **옮긴이** 원지인
펴낸이 신형건 | **펴낸곳** (주)푸른책들·임프린트 에프 | **등록** 제321-2008-00155호
주소 서울특별시 서초구 양재천로7길 16 푸르니빌딩 (우)06754
전화 02-581-0334~5 | **팩스** 02-582-0648
이메일 prooni@prooni.com | **홈페이지** www.prooni.com
카페 cafe.naver.com/prbm | **블로그** blog.naver.com/proonibook
ISBN 978-89-6170-702-2 03840

이 도서의 국립중앙도서관 출판시도서목록(CIP)은 서지정보유통지원시스템 홈페이지
(http://seoji.nl.go.kr)와 국가자료공동목록시스템(http://www.nl.go.kr/kolisnet)에서 이용하실 수
있습니다.(CIP제어번호: CIP2019000386)

ⓕ Fall in book, Fan of literature. 에프는 종이책의 새로운 가치를 생각하는 푸른책들의 임프린트입니다.
에프 블로그 blog.naver.com/f_books